VENTE APRÈS FAILLITE

En vertu d'ordonnance, en date du 17 Mars 1884,

HOTEL DROUOT, SALLE N°

Les Vendredi 25 et Same...

A DEUX

DEUXIÈME

BIJOUX

ANCIENS ET MODERNES

Châtelaines et Montres, Parures, Bagues

EN OR, ARGENT ET PIERRES FINES

BIJOUX EN STRASS, CURIOSITÉS

PORCELAINES ET FAÏENCES

Meubles — Tapisseries — Tableaux

EXPOSITION PUBLIQUE

Le Jeudi 24 Avril 1884, de une heure à cinq heures.

M° E. FONTAINE	M. C. MANNHEIM
COMMIS⁺ᵉ-PRISEUR	EXPERT
Rue Richer, n° 52	Rue St-Georges, n° 7

PARIS — 1884

V⁰ RENOU, MAULDE et COCK

IMPRIMEURS DE LA COMPAGNIE DES COMMISSAIRES-PRISEURS

Rue de Rivoli, 144

VENTE APRÈS FAILLITE

En vertu d'ordonnance, en date du 17 Mars 1884, enregistrée

BIJOUX

ANCIENS ET MODERNES

Châtelaines et Montres, Parures, Bagues

EN OR, ARGENT ET PIERRES FINES

BIJOUX EN STRASS, CURIOSITÉS

PORCELAINES ET FAIENCES

Meubles — Tapisseries — Tableaux

HOTEL DROUOT, SALLE N° 6

Les Vendredi 25 et Samedi 26 Avril 1884

A DEUX HEURES

Par le ministère de M° **E. FONTAINE**, Commissaire-Priseur, rue Richer, 52.

Assisté de **M. Ch. MANNHEIM**, Expert, rue St-Georges, 7.

EXPOSITION PUBLIQUE

Le Jeudi 24 Avril 1884, de une heure à cinq heures.

PARIS — 1884

CONDITIONS DE LA VENTE

Elle sera faite au comptant.

Les Acquéreurs paieront, en sus des adjudications, CINQ CENTIMES PAR FRANC, applicables aux frais.

DÉSIGNATION

MONTRES ET CHATELAINES

1 — Montre Louis XVI en or ciselé, à fruits et attributs.

2 — Montre Louis XVI en or ciselé, à sujet de deux figures et guirlandes ; cadran entouré de jargons.

3 — Montre Louis XVI, ciselé, avec médaillon en émail (Portrait d'homme.)

4 — Montre en or gravé, avec médaillon en émail (Portrait de femme.)

5 — Montre Louis XVI en or, avec médaillon en émail (la Leçon de flageolet.)

6 — Montre en or ciselé, ornée d'un émail (Sainte Famille) cadran entouré de jargons.

7 — Petite Montre style Louis XVI en or ciselé, avec émail (Portrait de femme.)

8 — Petite Montre Louis XVI en or ciselé émaillé bleu ; cadran entouré de perles.

9 — Montre Louis XVI en or émaillé de Genève (Amour près d'un autel.)

10 — Châtelaine de style Louis XV en or ciselé
repercé à jour, composée de quatre
plaques dont la première représente Per-
sée et Andromède.

11 — Châtelaine de style Louis XVI en or ciselé.
composée de quatre plaques ornées cha-
cune d'un petit émail, (Portraits de
femmes).

12 — Châtelaine de style Louis XVI en or, ornée
de trois émaux, dont un d'après Boucher.
et de perles.

13 — Châtelaine en or ciselé à attributs, ornée
d'une miniature ovale.

14 — Châtelaine en or ciselé, ornée d'un petit
émail. (Portrait de femme).

15-16 — Deux Châtelaines en or guilloché, genre
Louis XVI.

17 — Châtelaine Louis XVI à double face en or
émaillé, d'un côté à figures, de l'autre,
gros bleu à ornements.

18 — Boîte ovale de style Louis XVI en or ciselé
et guilloché, couvercle à charnière orné
d'un camée.

19 — Châtelaine Louis XVI à cinq figures or
émaillé bleu et blanc.

20 — Châtelaine style Louis XIII et Boîtier de
montre en or découpé, émail bleu et
perles.

21 — Châtelaine et Boîtier de montre en argent, ornés de médaillons en grisaille et de jargons.

22 — Châtelaine analogue à la précédente.

23 — Châtelaine et petite Montre en argent, avec quatre émaux. (Portraits de femme, entourés de perles).

24 — Deux Châtelaines en argent découpé, avec montres.

25 — Châtelaines de style Louis XV et Louis XVI en cuivre.

26 — Châtelaine en argent et or, à trois médaillons entourés de torsades de perles et de pierres fines.

27 — Châtelaine et Nécessaire en argent doré et nacre.

28 — Châtelaine en or découpé et soie.

29 — Trois Châtelaines style Louis XV en cuivre doré.

PARURES ET BIJOUX DIVERS

30-31 — Deux paires de Boucles d'oreilles, genre Louis XIII, en or et argent, montées de roses et d'émeraudes.

32-33 — Deux paires de Pendants d'oreilles en
argent découpé, à rubans et fleurs pavés
de roses.

34-35 — Quatre paires de Boucles d'oreilles en or,
garnies de petits émaux à figures d'amours·

36 — Trois paires de Boucles d'oreilles en or,
ornées de pierres de couleurs, de perles
et de roses.

37 — Demi-Parures en or émaillé violet, perles
et roseaux.

38 — Demi-Parures en or ciselé à attributs cham-
pêtres, sur fond émaillé bleu.

39 — Demi-Parure en or, avec émaux genre
Louis XV (Enfants marquis).

40-42 — Trois Médaillons et une Broche de formes
variées, genre Louis XVI, en or, garnis
de miniatures et de perles.

43 — Deux autres Médaillons garnis d'émaux
(Jeux d'amours).

44-46 — Trois autres Médaillons en or, ornés de
pierres de couleurs et de roses.

47 — Un autre Médaillon en or émaillé gros bleu,
avec attribut champêtre orné d'une
perle barroque.

48-49 — Quatre Broches en or, avec camées et un
bracelet.

50 — Trois Broches de fantaisie en or : Papillon,
Palette et Harpe.

51-52 — Deux autres Broches ornées de roses,
dont un lézard.

53 — Demi-Parure normande en or découpé et
roses.

54 — Broche-Pendentif, genre Louis XIII, en or
découpé, ornée d'émeraudes et d'un
émail.

55 — Pendentif genre Louis XIII en or, émail et
rubis, et Croix en or et turquoise, Boucles d'oreilles en filigrane.

56 — Deux petits Médaillons en or émaillé et
perles.

57-60 — Quatre Bagues en or ornées de petits
brillants, de perles, de roses et de rubis.

61 — Porte-Mine en or.

62 — Collier en or émaillé formé de douze plaques
reliées par des chaînettes.

63 — Pendentif composé de cinq rosaces de jargons reliés par des chaînettes.

64 — Collier formé d'une chaîne en or, avec trois
plaques et un fermoir en or émaillé.

65 — Bracelet filigrané, à fleurettes émaillées.

66 — Collier en or, genre antique.

67 — Collier indien en or, garni de turquoises et
émaillé au revers.

68-69 — Demi-Parure à médaillon et Boucles
d'oreilles en or, émail violet et figures
d'amours, entourages de perles.

70 — Demi-Parure à médaillon et Boucles
d'oreilles en émail, figures d'amours en
or à feuillages.

71-72 — Deux Demi-Parures à médaillons et
Boucles d'oreilles en argent doré et en
or, à perles et miniatures (Jeux d'enfants).

73-75 — Cinq Médaillons, genre Louis XVI, en
argent, marcassites et strass, avec grisailles (Jeux d'amours).

76-77 — Trois autres Médaillons, garnis de perles.

78-79 — Cinq Broches, de même travail.

80 — Deux Demi-Parures en argent, marcassites
et grisailles.

81-84 — Sept Médaillons, genre Louis XVI, en
argent doré avec miniatures en couleurs,
ornés de perles et de jargons.

85 — Demi-Parure en émail bleu, avec grisailles
et perles.

86 — Deux Boucles d'oreilles et un petit Médaillon en or, avec miniatures (Jeux d'enfants).

87 — Deux Boucles d'oreilles et Pendeloques en
or, ornées d'émeraudes.

88 — Deux paires de Boucles d'oreilles en chry-
solithes, monture en argent.

89-90 — Six paires de Boucles d'oreilles garnies
de strass, monture en argent.

91 — Deux Boucles d'oreilles en filigrane d'or et
perles fines.

92 — Un Collier en or, genre Louis XVI.

93 — Un Collier en argent doré et turquoises à
trois médaillons.

94 — Collier analogue en argent doré, et Médaillons en grisaille avec perles et deux Boucles d'oreilles.

95 — Collier avec croix en argent et strass.

96 — Trois Croix : l'une en argent et turquoise.
la deuxième, ornée de pierres avec perles.
et une petite émaillée avec émeraudes.

97 — Médaillon en argent doré et émail entouré
de perles (Amour).

98-99 — Deux Médaillons en or : l'un avec camée
jaspe, l'autre avec grisaille.

100 — Pendentif avec émail ovale, monture en
argent découpé et pierres de couleurs.

101 — Demi-Parure en marcassites et émail bleu.

102 — Boucles d'oreilles en or découpé et émaux:
Portraits entourés de pierres de couleurs.

103-104 — Huit Cachets-Breloques, dont une tête
de nègre, en or, argent et cuivre.

105 — Sept Clefs de montres en or et argent doré.

106 — Deux petites Broches, forme couronne, et
une autre ornée de deux miniatures (Portraits).

107 — Deux Médaillons en argent émaillé, avec
portraits de femmes.

108-109 — Trois Cadres entourés de strass et un
en cuivre entouré de grenats.

110 — Trois petits Œufs; deux en émail, l'autre
en or.

111 — Deux Peignes avec montures en argent
doré et perles.

112 — Flacon en cristal, monté en argent doré,
Cassolette en nacre et argent.

113 — Quatre petites Pièces : petite Cassolette en
cristal de roche, Cachet-Breloque en
émail, Breloque genre gothique en or, et
Broche camée.

114 — Trois Épingles de cravate.

115 — Quatre Pièces : petite Broche en or et turquoises et un Pendant d'oreilles avec
grisailles, deux Boutons de manchettes
médailles.

116-126 — Cinquante-sept Bagues de différents styles, en or et argent doré, ornées de miniatures, grisailles et pierres fines, perles et émail.

127 — Deux Médaillons en émail, avec montures d'argent doré ornées de perles et de pierres de couleurs.

128-131 — Huit Médaillons ovales avec miniatures, montures ornées de perles, de turquoises et de strass.

BIJOUX EN STRASS

BIJOUX NORMANDS

132-136 — Cinq lots de Boutons de différents modèles, en strass et argent.

137-141 — Vingt Boucles en strass, montées en argent.

142-143 — Douze paires de très petites Boucles en strass et argent.

144 — Douze petites Boucles dépareillées en strass et argent.

145-148 — Dix-huit paires de Pendants d'oreilles en strass et argent.

149-152 — Dix Croix normandes ouvragées.

153-155 — Douze Croix de forme droite.

156-159 — Huit Saint-Esprits en strass et argent.

160 — Deux Cadres en argent, entourés de strass.

161 — Deux Bracelets.

162 — Trois paires d'Agrafes en argent.

163 — Quatre Peignes garnis de strass.

164 — Un Collier normand en strass et un en
argent.

OBJETS DIVERS DE VITRINE

165 — Trois Pièces : Miroir à main genre Louis XIII,
un'Étui en fer gravé et Ciseaux en fer dans
une gaine.

166 — Nécessaire en galuchat, à monture d'argent.

167 — Deux Étuis et trois Pommes de cannes en
porcelaine de Saxe.

168 — Trois Pièces : Couteau et Fourchette à
figurines en argent et un Manche à figure
de Charlemagne en argent.

169 — Trois Étuis en argent et un Dé.

170 — Deux petites Cuillères et une Boîte en ver-
meil, genre Louis XIII.

171 — Émail genre Limoges et Miniature ronde (Portrait de femme).

172 — Aumônière à fermoir d'argent.

173 — Pomme de canne en bronze argenté.

PORCELAINES

174-200 — Environ cent cinquante Pièces en porcelaine de diverses fabriques, principalement en porcelaine de Saxe :

Groupes et Figurines.

Assiettes, Beurriers, Théières, Sucriers.

Tasses et Soucoupes.

Perroquets.

Girandoles.

Cache-Pots.

Coffrets. etc.. etc.

FAIENCES

201-220 — Environ cinquante Pièces en faïence ancienne et moderne : Rouen, Moustiers, Strasbourg, faïence italienne, etc.

CUIVRES

221 — Lustre hollandais, à dix-huit lumières, en cuivre.

222 — Cage hollandaise en cuivre.

223 — Bassin en cuivre, genre Louis XIII, à godrons.

224 — Deux Vasques à anses en cuivre argenté.

MEUBLES

225 — Vitrine en bois noir, à moulures de bronze, avec un côté cintré.

226 — Grande Vitrine Louis XVI en acajou, à moulures de cuivre.

227 — Crédence Louis XIII en trois parties, surmontée d'un fronton en bois noir sculpté.

228 — Guéridon carré en bois sculpté.

220 — Guéridon à livres en bois noir.

230 — Glace, style Louis XIII, à ornements de cuivre estampé.

231 — Meuble à deux corps en bois incrusté d'ivoire, style Renaissance.

232 — Lit Louis XVI en acajou, à moulures de cuivre.

233 — Table en chêne sculpté.

234 — Table, style Henri II.

235 — Table Louis XIII en bois sculpté.

TAPISSERIES

236 — Quatre Tapisseries verdures.

237 — Deux grandes Tapisseries du xviie siècle, à grands personnages.

238 — Deux Morceaux de tapisserie verdure.

TABLEAUX

239-259 — Vingt-cinq Tableaux anciens de différentes Écoles.

Vve Renou, Maulde et Cock, imprs de la Cie des Commissaires-Priseurs,
rue de Rivoli, 144.   400—47257

RED.:

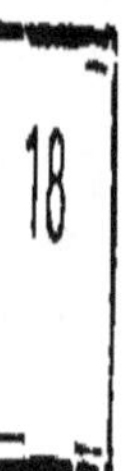
18

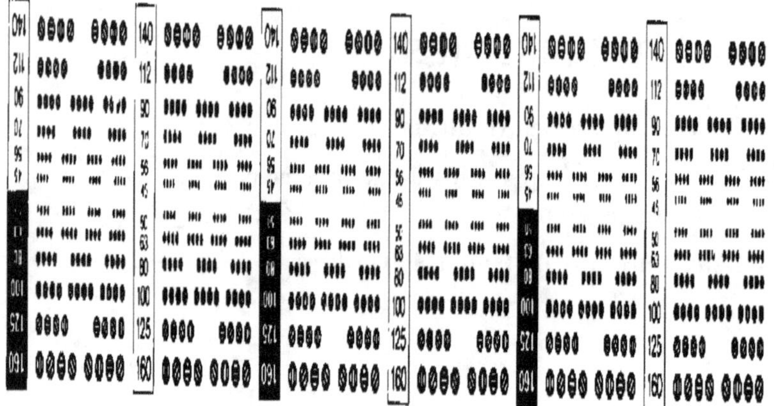
MIRE ISO N° 1
NF Z 43-007
AFNOR
Cedex 7 - 92080 PARIS-LA-DÉFENSE.

0 1 2 3 4 5 6 7 8 9 10

BIBLIOTHEQUE NATIONALE DE FRANCE

****

CHATEAU DE SABLE

1996